# LE BOSTAN DE SAADI.

EXTRAIT N° 6 DE L'ANNEE 1859

DE LA REVUE ORIENTALE ET AMÉRICAINE.

Typographie orientale de Marius Nicolas, à Meulan.

# LE BOSTAN

## POËME MORAL DE SAADI

ANALYSE ET EXTRAITS

PAR

## M. GARCIN DE TASSY

MEMBRE DE L'INSTITUT, ETC.

PARIS,

BENJAMIN DUPRAT
7, rue du Cloître-Saint-Benoît

CHALLAMEL AINÉ
30, rue des Boulangers

M DCCC LIX

# LE BOSTAN DE SAADI.

Saadi est le seul écrivain persan dont le nom soit populaire en Europe. De ses deux principaux ouvrages, le *Bostan*, qui est entièrement en vers, et le *Gulistan*[1], qui est en prose entremêlée de vers, ce dernier est le plus connu, et il suffirait sans doute pour mériter à Saadi sa brillante réputation ; mais le Bostan n'est pas moins célèbre. Quoiqu'il ait paru en Orient plusieurs éditions de ce poëme, on n'en avait jamais publié en Europe, et il n'en existait pas non plus de traduction ; mais le savant érudit M. Graf, après en avoir donné une traduction en vers allemands[2], vient d'en publier, sous les auspices de la Société orientale d'Allemagne, à l'imprimerie impériale de Vienne, une magnifique édition[3] dédiée à S. M. le roi de Saxe, édition faite avec le soin le plus scrupuleux et accompagnée d'un commentaire, en persan comme le texte, tiré principalement de Sururi, le célèbre glossateur turc. On peut seulement regretter que l'habile orientaliste n'ait pas connu le commentaire choisi publié à Mahmudnagar, lequel élucide de la manière la plus satisfaisante tout ce qui peut embarrasser un lecteur, même persan.

---

[1] Ces deux mots signifient l'un et l'autre « parterre de fleurs », de *bo* « odeur » et de *gul* « rose et fleur », suivis dans l'un et l'autre cas de la désinence *stân* « séjour », etc.

[2] *Moslieheddin Sa'di's Lustgarten.* Jena, 1850, 2 vol. in-16.

[3] Le Bostan de Saadi, texte persan. Vienne, 1858, in-4°.

Je ne répéterai pas ici ce qu'on sait sur Saadi. Sa vie, qui avait commencé vers 1176, ne se termina pas avant 1292, et ce qu'elle offre de plus extraordinaire, c'est qu'il fut fait prisonnier par les croisés, qui, ignorant son mérite, l'employèrent comme homme de peine aux fossés des remparts de Tripoli de Syrie. Un autre fait moins connu, mais qui a néanmoins un grand intérêt littéraire, c'est que plusieurs biographes indiens[1] lui attribuent, je crois avec raison, des vers hindoustanis. Il est certain que ce poëte éminent voyagea beaucoup; il fit, dit-on, quatorze fois le pèlerinage de la Mecque; il visita l'Asie Mineure, la Syrie, l'Égypte, et il alla quatre fois dans l'Inde, nommément à Dehli et à Somnath ou Pattan-Somnath, port du Guzarate et lieu célèbre de pèlerinage pour les Hindous. Il raconte dans le livre VIII du Bostan ses aventures en ce dernier endroit et comment il découvrit la supercherie des brahmanes pour faire croire à un miracle[2]. A Dehli, Saadi visita le célèbre poëte Amir Khusrau, auteur entre autres d'un *khumsa* ou série de cinq poëmes sur des légendes populaires; et ce fut, dit-on, à l'exemple de Saadi que Khusrau fit à son tour des vers hindoustanis, entremêlés, à la vérité, de vers persans. Quoi qu'il en soit, il est certain que Saadi a dû parler l'hindoustani, et ainsi les vers dont on assure qu'il est auteur étaient une production toute naturelle pour lui.

Le Bostan se compose d'environ quatre mille *bait* (vers)

---

[1] Voyez le mémoire intitulé : Saadi, auteur de poésies hindoustanies (*Journ. Asiat.*, 1843), et Mas'ud, poëte persan et hindouï (Ibid., 1853).

[2] Voy. la traduction de ce passage dans le mémoire précité : Saadi, etc., p. 10 et suiv. du tirage à part.

divisés en dix livres que Saadi nomme *portes,* lesquels, à l'exception du dernier, sont, ainsi que les huit chapitres du Gulistan, formés d'une série d'anecdotes dont l'auteur tire des leçons non-seulement morales et religieuses, mais relatives à la philosophie mystique des sofis, que Saadi, aussi bien que 'Attar, Roumi et Hafiz, ont rendue célèbre par leurs chants. Ils sont précédés d'une invocation et d'une préface l'une et l'autre en vers. Ces vers, ainsi que ceux de tout le poëme, sont sur le mètre du *Schâh-nâma,* de l'Alexandréide de Nizami et des Aventures de Kamrup, c'est-à-dire que les deux hémistiches dont ils sont formés se composent de trois bacchiques et d'un ïambe, comme on le voit dès le premier hémistiche du poëme :

*Bănăm-ĭ khŭdăwănd-ĭ jăn ăfĭrin* « Au nom du Seigneur créateur de l'âme ».

Voici la traduction de la partie de la préface dans laquelle Saadi expose le motif qui l'a décidé à écrire le Bostan, et donne le résumé des matières qu'il y a traitées[1] :

« J'ai beaucoup voyagé dans les différentes contrées de la terre ; j'ai vécu avec toute sorte de gens : il n'y a pas un coin du monde d'où je n'aie tiré quelque profit, pas une moisson de laquelle je n'aie su prendre un épi ; mais je n'ai trouvé nulle part des hommes bons et modestes comme ceux de la province de Schiraz[2] (que la miséricorde divine repose sur elle !). Ce pays mérite l'affection des hommes ; aussi ni la Syrie, ni l'Asie Mineure ne purent me le faire oublier.

---

[1] Vers 99 et suiv. de l'édit. de M. Graf.

[2] Saadi était né à Schiraz, capitale du Farsistan.

Toutefois je ne voulus pas quitter ces belles contrées les mains vides et retourner ainsi auprès de mes amis. On rapporte, me dis-je, du sucre de l'Égypte [1] pour en faire présent à ses connaissances ; mais si ma main ne peut offrir du sucre, je puis fournir des discours plus doux que le sucre, non celui qu'on mange, mais celui que les gens d'esprit appliquent au moyen de l'encre sucrée [2] sur le papier.

« Mon poëme est comme un palais d'enseignement à dix portes. La première, c'est la justice, l'ordre, l'intelligence des choses, le gouvernement des hommes, la crainte de Dieu. J'ai posé les fondements de la seconde porte sur la bienfaisance : répandre des bienfaits, c'est rendre grâce à la bonté de Dieu. La troisième porte, c'est l'amour, l'ivresse et le trouble ; mais non l'amour matériel et terrestre auquel on cède par l'entraînement de la passion. La quatrième est consacrée à l'humilité, la cinquième au contentement $\alpha\dot{\upsilon}\tau\acute{\alpha}\rho$-$\kappa\epsilon\iota\alpha$. La sixième offre le tableau de l'homme content de son sort et qui sait s'abstenir. A la septième porte on voit l'administration du monde ; à la huitième, le bienfait de la santé ; la neuvième, c'est le repentir et la voie droite ; la dixième enfin contient des prières et termine le livre.

« C'est dans un jour heureux d'une année fortunée, entre les deux fêtes [3], je veux dire en 655 (1257), que mon

---

[1] C'est ainsi que, dans l'Inde, le sucre raffiné se nomme *misri* (égyptien). On réserve le nom de *chini* (chinois) à la cassonade.

[2] Les Orientaux mettent du sucre dans leur encre pour la rendre brillante.

[3] Il s'agit ici des deux principales fêtes musulmanes : le *id fitr*, qui équivaut à Pâques, et le *id zuha* (en turc, *curbân baïram*), qui peut se comparer à la Pentecôte.

livre a été rempli, comme un trésor précieux, des perles de l'éloquence; mais ces perles sont encore dans le pan de ma robe, et je tiens humblement ma tête courbée sur ma poitrine [1]; car dans l'Océan il n'y a pas de perles sans huîtres, et dans les jardins il y a de grands et de petits arbres.

« O toi qui es sage et d'un heureux naturel, sache que je n'ai jamais ouï dire qu'un homme d'esprit s'évertuât à découvrir des imperfections dans autrui. Quoique la pelisse soit de soie ou même de brocart, elle ne saurait se passer d'une ouate de simple coton. Si tu ne trouves pas d'étoffe de soie pour ta pelisse, ne sois pas en colère, mais contente-toi de bonne grâce de la ouate. Je ne tire pas vanité du capital de mon mérite : en bon derviche j'avance la main pour mendier. On dit qu'au jour de la crainte et de l'espérance (le jour de la résurrection), Dieu dans sa générosité pardonnera aux méchants en faveur des bons. Toi aussi, lecteur, si tu trouves quelque chose de répréhensible dans mon discours, imite la bienveillance du Créateur du monde. Si sur mille de mes vers un seul te paraît heureux, eh bien, au nom de ta générosité, ne cherche pas à me déprécier. »

Maintenant, pour faire connaître la manière dont Saadi a traité son sujet, je vais donner, d'après le texte original et en consultant occasionnellement les commentaires et la version hindoustanie, comme je l'ai fait pour les passages précédents, je vais donner, dis-je, la traduction de quel-

---

[1] On représente généralement Saadi accroupi, la tête courbée sur sa poitrine. Voyez le portrait que j'en ai publié dans mon mémoire intitulé : Saadi, auteur de poésies hindoustanies.

ques-unes des anecdotes qui constituent l'ensemble du poëme.

Le roi bienfaisant [1].

Un des hommes les plus distingués par son esprit raconte qu'Ibn abd ul-'Aziz [2] avait une bague ornée d'un diamant dont la valeur surpassait celle de toute autre pierre. Pendant la *nuit* ce diamant aussi brillant que le *jour* éclairait le monde. Il survint malheureusement une année de sécheresse telle, que la *pleine lune* du visage des hommes se changea en croissant [3]. Lorsque le monarque dont il s'agit vit ses sujets dans l'agitation et le découragement, il comprit qu'il ne devait pas demeurer impassible. Comment, en effet, celui qui peut s'abreuver d'eau douce verrait-il de sang-froid du poison dans le gosier d'autrui? Ému de compassion, Ibn abd ul-'Aziz ordonna de vendre le diamant de sa bague pour en distribuer le prix aux pauvres et aux orphelins. En une semaine il donna au pillage cet argent comptant pour soulager les derviches, les malheureux, les nécessiteux. Les critiques *tombèrent sur lui* en lui disant qu'il ne pourrait jamais plus avoir en sa possession un diamant pareil. On rapporte qu'il répondit, tandis que des larmes coulaient sur ses joues comme de la bougie les gouttes de cire : « Un bijou que porte le roi cesse d'être un ornement

---

[1] Livre Ier, vers 334 et suiv.

[2] Il s'agit ici d'Omar, fils d'Abd ul-'Aziz, troisième khalife ommiade, célèbre par sa justice et sa bonté.

[3] C'est-à-dire que leur embonpoint diminua par l'effet des soucis et des privations.

lorsque les habitants de son royaume ont le cœur abattu par la détresse. Il importe peu que ma bague soit privée de son chaton ; mais il ne faut pas qu'un seul de mes sujets soit dans la tristesse. Heureux celui qui préfère le bonheur des autres au sien propre ! Les gens de bien ne désirent pas une satisfaction acquise au prix d'afflictions étrangères. De ce que le roi dort paisiblement sur son lit, il ne s'ensuit pas qu'il en soit de même de l'indigent ; mais si le roi vivifie les longues nuits en s'occupant de ses sujets, ceux-ci reposeront avec contentement et sécurité. »

L'homme compatissant [1].

Il y eut une année à Damas une telle disette, que les amants oublièrent l'amour. Le *ciel* fut tellement avare envers la *terre*, que les champs ensemencés de grain et les palmiers ne furent pas humectés par la moindre goutte d'eau. Les sources les plus abondantes se desséchèrent : il ne resta pour toute eau que les larmes des yeux des orphelins et que la vapeur des soupirs des veuves qui s'élevait comme la fumée des cheminées. Les arbres étaient dépourvus de feuilles, comme le gymnosophiste de vêtements ; aussi les hommes les plus *forts* étaient-ils *faibles* et découragés. Il n'y avait plus de verdure sur les montagnes, plus de verte branche dans les jardins ; les sauterelles dévoraient les plantes, et les hommes étaient réduits à manger les sauterelles. Dans ces circonstances, je reçus la visite d'un de mes amis auquel il n'était resté que la peau sur les os, bien que par son rang il fût dans une position avantageuse et qu'il possédât tout

---

[1] Livre I<sup>er</sup>, vers 430 et suiv.

à la fois honneur et fortune. « Mon noble ami, lui dis-je, d'où vient l'extrême abattement où je te vois? — Est-ce une demande à me faire, répondit-il avec humeur, puisque tu dois savoir d'avance ma réponse? Ne vois-tu pas que la dureté des temps est arrivée à son comble et que la détresse a atteint sa dernière limite? La pluie ne *descend* pas du ciel, et il semble que les soupirs des malheureux n'y *montent* pas non plus. — Mais, lui dis-je, tu ne crains rien pour toi-même: le poison ne tue que ceux qui n'ont pas de thériaque. Si d'autres périssent faute de nécessaire, certes tu n'en manques pas. Le cygne craint-il le déluge?»

Mon ami, qui était *faquih*[1], me regarda d'un air fâché, comme le savant regarde quelquefois le sot, et me dit: « Quoiqu'on soit sur le rivage, on n'y est pas tranquille si on voit ses compagnons se noyer. Comprends donc que ce n'est pas de misère que mon visage est pâle, mais parce que je ressens le chagrin des malheureux. Le sage n'aime pas plus voir de blessure sur les membres d'autrui que sur les siens. Quoique, grâce à Dieu, je sois exempt de mal, je suis dans l'agitation quand je suis témoin des souffrances de mon prochain. Bien que celui qui est au chevet d'un malade languissant soit en parfaite santé, il n'en éprouve pas moins une émotion pénible. Lorsque j'apprends qu'un malheureux indigent n'a pas mangé, le morceau que je viens d'avaler me paraît détestable et devient pour moi comme du poison. Si on met tes amis en prison, peux-tu te divertir dans le jardin? »

---

[1] Ce titre équivaut à celui de « docteur en théologie ».

On doit faire du bien sans acception des personnes [1].

On dit que pendant toute une semaine il ne s'était présenté personne à la maison où Abraham exerçait l'hospitalité. Or ce saint personnage avait l'habitude de ne rien manger le matin, à moins qu'un pauvre voyageur ne vînt partager son déjeuner. Il alla donc regarder de tous côtés pour voir s'il n'apercevrait pas quelqu'un, et il découvrit dans un ravin du désert, tout seul et tremblant comme le saule, un vieillard dont les cheveux et la barbe étaient blancs de la neige des années. Il le salua affectueusement, et, d'après l'usage des hommes généreux, il l'invita à manger en lui disant : « Toi que je considère en ce moment comme la prunelle de mes yeux, veuille bien accepter le pain et le sel. » Le voyageur consentit, et incontinent il se disposa à suivre Abraham, car il connaissait les nobles sentiments de l'ami de Dieu [2]. Les gens de service de l'hôtellerie de bienfaisance d'Abraham reçurent avec honneur ce vieillard, et d'après les ordres du patriarche on prépara la table et on y fit asseoir d'autres personnes avec cet étranger. Tous commencèrent par réciter le *bismillah*, etc. [3] ; mais Abraham n'entendit pas le vieillard prononcer la moindre parole, et il lui dit : « O *pir* qui as vécu tant de jours, je ne vois pas que tu sois animé de zèle pour la vérité comme les *pirs* [4]. Ne

[1] Livre II, vers 37 et suiv.

[2] Surnom que les musulmans, d'accord avec le Coran, donnent à Abraham.

[3] C'est-à-dire le premier chapitre du Coran, qui équivaut à notre *Pater* et qui sert de *Benedicite*.

[4] Pour comprendre ce jeu de mots, il faut savoir qu'en persan le mot *pir* signifie « vieillard », et par suite « directeur spirituel, *presbyter* ».

dois-tu pas en prenant ta nourriture invoquer le nom de Dieu qui te la fournit?—Je ne puis employer, répondit-il, une formule que mon directeur, adorateur du feu, ne m'a pas enseignée. »

Le *bienheureux* patriarche reconnut alors que ce *malheureux* vieillard était un guèbre. Il le chassa avec mépris lorsqu'il sut qu'il était infidèle ; car les gens *purs* trouvent l'homme *impur* détestable. Toutefois Dieu envoya aussitôt l'ange Gabriel à Abraham, lequel lui dit au nom du Très-Haut d'un ton de reproche : « O mon ami, j'ai accordé à cet homme cent années d'existence, et je lui ai donné pendant ce temps son pain quotidien. Aujourd'hui cependant tu as de l'aversion pour lui! Pourquoi, parce qu'il adore le feu, retirerais-tu loin de lui la main du bienfait? »

### Les revers de fortune [1].

Un malheureux se plaignait à un riche marchand de sa fâcheuse situation ; mais cet homme au cœur noir, bien loin de lui donner un *dinar* [2], ni même un *dang* [3], poussa contre lui avec hauteur un cri de colère, au point que le cœur du pauvre solliciteur fut ensanglanté par cette violence et qu'il leva la tête en disant : « Il est étonnant que ce riche au visage sévère ne craigne pas l'amertume de la demande. » Alors le marchand aux vues étroites donna à son esclave l'ordre de chasser l'importun, ce qu'il fit en effet avec dédain et violence.

---

[1] Livre II, vers 191 et suiv.

[2] Pièce d'or qui vaut environ onze francs.

[3] Pièce de billon d'environ cinq centimes.

On rapporte que la fortune se détourna de ce riche qui n'était pas reconnaissant des bienfaits du Créateur. Sa hauteur fut abaissée par la ruine, et Mercure[1], de son calam trempé dans l'encre, l'effaça de la liste des heureux. L'infortune le fit asseoir en effet nu comme une gousse d'ail ; elle ne lui laissa ni mobilier, ni bête de somme pour le transporter. Le destin répandit sur sa tête la poussière de l'indigence ; sa bourse devint vide comme la main du jongleur, enfin sa situation fut tout à fait changée.

Cependant le temps se passa, et son esclave échut en partage à un contemplatif libéral qui avait un heureux naturel, un noble cœur, une main généreuse, qui était aussi content de voir un homme désolé recourir à lui que ce dernier de recevoir du soulagement à sa peine. Une nuit, un inconnu que ses pieds pouvaient à peine soutenir, tant il avait supporté la détresse, vint demander une bouchée de pain à la porte du contemplatif. Celui-ci ordonna à son esclave de le satisfaire. L'esclave obéit, et lorsqu'il lui porta quelque chose de la table de son maître, il poussa malgré lui un cri d'étonnement et retourna aussitôt le cœur brisé, exprimant par ses pleurs la peine qu'il ressentait, de même qu'une préface annonce le contenu d'un livre. L'excellent contemplatif lui dit : « As-tu quelque motif particulier de verser des larmes, ou pleures-tu simplement à cause de l'extrême misère de cet homme ? » L'esclave répondit : « Si mon cœur est vivement affecté de la situation de ce malheureux vieillard, c'est qu'anciennement j'ai été son esclave, lorsqu'il

---

[1] Il s'agit ici de la planète de Mercure personnifiée, et non de la divinité mythologique.

possédait des biens et des trésors. Actuellement sa main n'atteint plus aux honneurs et aux richesses, et il la tend aux portes pour mendier. »

Le contemplatif sourit et dit : « Mon enfant, il n'y a pas d'injustice de la part de Dieu, et l'infortune qui est survenue à ce marchand n'est pas l'effet des révolutions du temps. N'est-il pas celui-là même qui tenait fièrement la tête haute en regardant le ciel ? Eh bien, je suis le derviche qu'il chassa un jour de sa porte, et c'est à cause de cette action qu'il a éprouvé les rigueurs du sort. Dieu, au contraire, a tourné ses regards vers moi, et il a enlevé de mon visage la poussière du chagrin. Si dans sa sagesse Dieu ferme une porte, il en ouvre aussitôt une autre par bonté et par générosité. Bien des malheureux dénués de tout ont été rassasiés, et les affaires de beaucoup de riches ont été en désordre[1]. »

### Compassion d'un derviche envers une fourmi [2].

Si tu es honnête homme, et que tu veuilles marcher d'un pas ferme dans la bonne voie, écoute un exemple de la conduite que tiennent les gens de bien. Un jour le grand contemplatif Schabli acheta un sac de blé et le porta de chez le marchand à sa demeure. En arrivant il s'aperçut qu'il avait enlevé avec le blé une fourmi qui, dans son trouble, se mit à aller et venir de tous côtés. Le bon faquir ne put dormir de la nuit, tant il fut touché de compassion pour la pauvre bestiole. Au matin, il la rapporta à l'endroit où il

---

[1] Conf. saint Luc, I, 52.
[2] Livre II, vers 217 et suiv.

l'avait prise, en se disant à lui-même : Ce serait manquer de générosité que d'éloigner de sa demeure cette fourmi désolée. Consolons les êtres affligés, si nous voulons être consolés aussi. Oh! qu'a bien dit l'illustre auteur du Schâh-nâma (que la miséricorde de Dieu repose sur son tombeau sans tache!) : « Ne fais pas de mal à la fourmi qui transporte un grain de blé ; car elle a la vie en partage, et la vie est une belle chose. Il a une âme noire et un cœur de pierre celui qui se plaît à tourmenter une fourmi. Ne frappe pas de ta forte main la tête de celui qui ne peut se défendre ; car il peut se faire qu'un jour tu sois écrasé sous ses pieds comme la fourmi. »

### Le dévot avare [1].

Ayant entendu dire qu'il y avait un homme recommanda-ble par sa sainteté qui résidait aux confins de l'Asie Mineure, j'allai le visiter en compagnie de quelques voyageurs qui avaient déjà parcouru le désert. Il nous baisa les yeux et les mains, et il nous fit asseoir avec honneur avant de s'as-seoir lui-même. Je vis son or, ses champs ensemencés, ses domestiques et tout son mobilier ; mais je m'assurai que la générosité lui était inconnue et qu'il était un bel arbre sans fruit. Il était très-poli et fort affable, mais ses fourneaux étaient tout à fait froids. Il n'avait ni repos ni sommeil pen-dant la nuit, parce qu'il s'occupait à dire le chapelet et le *la ilâh* [2]. Quant à nous, nous ne dormions pas non plus, à

---



[2] C'est-à-dire la profession de foi musulmane : « Il n'y a de Dieu que Dieu, et Mahomet est son envoyé. »

cause de la faim que nous éprouvions. Le lendemain matin notre hôte ceignait sa ceinture[1], rouvrait sa porte, et il recommençait à déployer la même affabilité et à prodiguer les mêmes caresses à l'égard des voyageurs. Un de ceux qui étaient avec nous dans la maison du dévot, lui dit, quoiqu'il fût d'un caractère doux et paisible : « Change le *bosa* en *toscha*[2], car pour le pauvre le *toscha* est préférable au *bosa*. Ne me rends pas le service d'ôter mes babouches ; donne-m'en plutôt des coups sur la tête et fais-moi manger. C'est par la générosité qu'on acquiert la prééminence, et non en veillant la nuit lorsqu'on a le cœur mort. Tu es comme la sentinelle tartare qui a le cœur mort et l'œil ouvert pendant la nuit. La noblesse du caractère consiste à donner généreusement. De vaines paroles sont semblables au tambour vide. Au jour de la résurrection tu verras entrer au ciel celui qui aura préféré l'esprit de la religion aux pratiques extérieures. Par la pure intention tu peux sanctifier la prière ; mais des prières sans des actes de charité sont un pauvre oreiller. »

L'hippophage généreux [3].

On dit que Hâtim Taïyi [4] avait parmi ses chevaux un cour-

---

[1] Les Orientaux ne se déshabillent pas pour se coucher et n'ont pas de lits proprement dits.

[2] Pour entendre ce jeu de mots, il faut savoir que *bosa* signifie « caresse (baiser) », et que par un simple changement des points diacritiques, il se change en *toscha*, qui signifie le « viatique d'un voyageur ».

[3] Livre II, vers 271 et suiv.

[4] Hâtim était chrétien ; mais sa fille, qui vivait du temps de Mahomet, embrassa l'islamisme.

sier au pied leste, noir comme la fumée ; il avait la rapi-
dité du zéphyr, son hennissement était pareil au tonnerre,
et il devançait l'éclair. Par l'effet de sa course il lançait
une grêle de petits cailloux sur la montagne et dans la plaine ;
on aurait dit que le nuage d'avril avait passé par là. Il avait
l'allure du torrent, et il traversait le désert si rapidement,
que le vent restait en arrière de lui comme la poussière qu'il
faisait voler. On entretint l'empereur grec des vertus de
Hâtim, dont on parlait partout. « Personne, lui dit-on, n'est
plus généreux que lui, et aucun cheval n'est plus agile pour
la course et plus courageux pour le combat que le sien : il
franchit le désert avec autant de facilité que le vaisseau
l'Océan, et le corbeau ne peut suivre sa course. — Mais,
dit l'empereur à son prudent ministre, sans doute les pré-
tentions de Hâtim tourneraient à sa honte[1] si on devait les
vérifier. Je veux lui demander ce cheval arabe : s'il me le
donne libéralement, je saurai qu'il a vraiment les nobles
qualités dont on le dit doué ; mais, dans le cas contraire,
il sera pour moi comme le son du tambour vide. »

L'empereur grec envoya donc à Hâtim un officier habile
et instruit avec une suite de dix personnes. C'était le moment où la terre est encore morte et où les grandes pluies
printanières viennent la rendre à la vie. L'envoyé de l'empereur descendit à la demeure de Hâtim aussi satisfait que
l'homme altéré à la vue du *Zinda-rûd* (ruisseau d'Ispa-
han). Dans son empressement, Hâtim tua son beau cheval, et il en servit des *kababs* (bifteks) à son hôte sur sa

---

[1] Je ne suis pas ici la leçon de M. Graf, que ne portent pas les autres
éditions que j'ai sous les yeux.

nappe de cuir ; puis il lui donna du sucre dans le pan de sa robe et des pièces d'or dans la main. La nuit se passa, et au matin l'envoyé s'acquitta de son message. Mais Hâtim, agité comme s'il eût été dans l'ivresse, se déchira de désespoir les mains avec ses dents et s'écria : « O sage et distingué commensal, pourquoi n'as-tu pas délivré plus tôt ton message? Je t'ai fait manger hier des *kababs* de ce *Duldul*[1] rapide comme le vent, parce qu'à cause de la pluie et des torrents qu'elle produisait, on ne pouvait aller chercher un autre cheval, et que je ne vis pas d'autre moyen pour satisfaire aux devoirs de l'hospitalité que de sacrifier ce cheval, le seul que j'eusse dans ma maison. D'après la règle que je me suis imposée, je ne trouvais pas qu'il fût généreux de laisser un hôte se coucher sans avoir satisfait son appétit. Ma réputation doit se maintenir dans le monde; peu importe qu'un cheval célèbre ne soit plus. »

Hâtim donna ensuite aux gens de l'envoyé des pièces d'argent, des vêtements et des chevaux. Les bons procédés étaient en lui chose naturelle, et non l'amour du lucre.

L'empereur grec connut ainsi la générosité de Hâtim, et il se répandit en louanges sur son beau caractère.

### Un petit bienfait et une grande récompense [2].

Un jeune homme avait fait l'aumône d'un dang[3] à un saint derviche dont il avait ainsi satisfait le désir. Tout à coup, par l'effet du destin, il commit une faute pour laquelle le sultan

---

[1] Nom de la mule blanche de Mahomet qu'il donna à Ali.

[2] Livre II, vers 447 et suiv.

[3] Voyez une note antérieure, page 14.

l'envoya au lieu de l'exécution à mort. Il y eut alors l'aller et le venir des Turcs chargés de lui faire subir la peine capitale, ainsi que l'agitation de la foule et la curiosité des spectateurs dans les rues, aux portes des maisons et sur les toits. Cependant le bon derviche, dont ce jeune homme avait eu pitié, reconnut au milieu de ce tumulte son bienfaiteur qu'une troupe de gens emmenaient garrotté. Son cœur fut ému de compassion et de reconnaissance, et il s'écria : « Le sultan est mort ; il a laissé le monde et emporté une bonne réputation. » Et en prononçant ces mots il frappait ses mains l'une contre l'autre en signe de désespoir. A cette nouvelle, les Turcs, qui avaient l'épée nue, jetèrent tumultueusement des cris, et dans leur saisissement ils se frappèrent au visage, à la tête et sur les épaules. Puis ils coururent au palais du roi ; mais ils le trouvèrent assis sur son trône. Dans la confusion, le jeune homme se sauva ; toutefois on arrêta le derviche et on le conduisit enchaîné par le cou auprès du roi, qui lui dit avec effroi et agitation : « Pourquoi, toi qui proclames ma bienveillance et ma droiture, désires-tu ma mort, qui serait préjudiciable aux hommes ? » Le derviche délia hardiment sa langue, et répondit au roi : « O toi qui as pour esclave le monde entier, songe que mon discours mensonger ne t'a pas donné la mort, tandis qu'il a sauvé la vie à un malheuréux. » Le roi, satisfait de la réponse du derviche, lui pardonna et ne lui fit aucun reproche.

Cependant le pauvre jeune homme s'en allait courant à l'aventure par monts et par vaux, lorsque quelqu'un lui demanda comment il avait fait pour se sauver de la potence. Il lui répondit tout bas à l'oreille : « J'ai été sauvé par une vie qu'on a exposée pour un *dang* que j'avais donné. C'est ainsi qu'on jette en terre la semence pour qu'au jour de la détresse on puisse en manger le produit. Souvent la plus petite chose empêche un grand malheur ; un coup de bâton de Moïse tua le géant Og. Il existe un *hadis* (sentence) authentique de Mahomet qui dit que l'aumône et les bonnes œuvres repoussent le mal. »

Principiis obsta [1].

Oh ! qu'eut raison de dire Bahram-gor [2], lorsqu'étant à la chasse dans le désert, le beau cheval qu'il affectionnait le jeta par terre : « Allez me chercher, dit-il, un autre cheval dans mes écuries, et s'il est récalcitrant, je le corrigerai. »

En effet, mon fils, c'est à sa source qu'on peut arrêter un fleuve (le Tigre, par exemple), et non lorsqu'il est devenu un torrent impétueux. Quand un loup malfaisant se laisse prendre, tue-le, sinon renonce à tes brebis. L'adoration de Dieu ne saurait avoir lieu de la part du diable, ni le bien se manifester d'un mauvais naturel. Ne donne au méchant ni la possibilité ni l'occasion de nuire. Il vaut mieux que l'ennemi soit dans le puits et le dive dans la bouteille [3]. N'hésite pas à te servir du bâton pour tuer inexorablement le serpent que ta pierre a blessé. Un secrétaire dont la main trace des ordres iniques mérite d'avoir la main coupée comme son calam lorsqu'il le taille. Prends garde de ne pas te laisser conduire par un conseiller qui te

---

[1] Livre II, vers 508 et suiv.

[2] Nom d'un roi célèbre de Perse.

[3] Un puits sert quelquefois de prison en Orient, et les lecteurs des Mille et une Nuits se souviennent du dive enfermé dans une bouteille.

donne de mauvais avis et qui finisse par te précipiter dans le fond de l'enfer. Ne crois pas qu'un tel conseiller soit propre au pays; ne l'appelle pas *mudabbir* (conseiller), mais *mudbir* (misérable).

### La foi récompensée [1].

Je me trouvai par hasard en voyage avec un derviche de Faryab [2], et nous arrivâmes à une rivière près d'une ville de l'Occident. Comme j'avais un diram à donner, on me prit sur le bateau de passage, mais on laissa mon compagnon, car le patron ne craignait pas Dieu [3], et les rameurs, qui étaient nègres, firent avancer le bateau aussi vite que la fumée. En quittant le bon derviche je me mis à pleurer à cause de la peine que je pensais qu'il éprouverait; mais il se mit à rire aux éclats en me voyant agir ainsi, et il me dit : « O toi qui es plein d'intelligence, ne te tourmente pas à mon égard; celui qui en réalité conduit la barque saura bien me conduire aussi. » Le derviche étendit alors son tapis de prière sur la surface de l'eau et il traversa la rivière. Je crus que c'était un effet de mon imagination ou que je rêvais, et à cause du saisissement que j'éprouvai je ne pus fermer mes yeux pendant la nuit suivante. Au matin le derviche me regarda et me dit : « Tu es étonné de ce qui s'est passé, ô excellent ami! mais si le bateau t'a porté, c'est Dieu même qui m'a conduit. Pour-

---

[1] Livre III, vers 213 et suiv.

[2] Ville du Turquestan.

[3] Il y a dans le texte un jeu de mots intraduisible entre *na-khuda* (pour *nao-khuda*) « maître du navire » et *na-khuda* « sans dieu, athée ».

quoi les gens du monde ne croient-ils pas que les amis de Dieu puissent marcher sur l'eau et traverser le feu? La mère affectueuse ne veille-t-elle pas sur son enfant qui ignore le danger du feu? Mais ceux qui sont plongés dans l'océan de l'amour de Dieu, restent jour et nuit sous la protection spéciale du Très-Haut. Ce fut ainsi qu'il préserva Abraham du feu[1], et le berceau de Moïse de la submersion dans le Nil. L'enfant qu'un bon nageur soutient de sa main ne craint rien, quand même il s'agirait de traverser le large fleuve du Tigre. »

### L'humilité récompensée

Une goutte d'eau qui tombait d'un nuage de pluie fut couverte de confusion en voyant le vaste Océan : « Que suis-je, dit-elle, au milieu de cette immense quantité d'eau? Absolument rien. »

L'huître, qui fut témoin de l'humilité de la goutte d'eau, la recueillit dans son sein et l'y garda précieusement[3]. Le ciel favorisa la chose, et cette goutte d'eau trouva ainsi l'élévation, parce qu'elle fut humble; elle frappa à la porte du néant[4], et elle trouva l'existence.

---

[1] Tradition rabbinico-musulmane.

[2] Livre IV, vers 5 et suiv.

[3] Les Orientaux croient que les perles sont le résultat des gouttes de pluie qui tombent par hasard, pendant le mois d'avril, dans des huîtres entr'ouvertes.

[4] C'est-à-dire, elle se considéra comme un pur néant, et elle devint un objet consistant et précieux.